WOODY É UM CAUBÓI CORAJOSO E AVENTUREIRO. ELE É UM DOS BRINQUEDOS PREFERIDOS DE ANDY.

BUZZ, O PATRULHEIRO ESPACIAL DE ANDY, TORNOU-SE UM GRANDE AMIGO DE WOODY.

OS DOIS ENFRENTARAM PERIGOS QUE FIZERAM COM QUE ELES SE UNISSEM.

MOLLY, A IRMÃ DE ANDY, ADORA BRINCAR COM SUA PASTORA DE OVELHAS, BETTY.

COM O PASSAR DO TEMPO, ANDY CRESCEU E JÁ NÃO BRINCAVA MAIS. ELE DEU SEUS QUERIDOS BRINQUEDOS PARA UMA GAROTINHA CHAMADA BONNIE.

MOLLY TAMBÉM NÃO BRINCAVA MAIS COM BETTY, POR ISSO, SUA MÃE DEU A BONECA E AS OVELHAS A UMA OUTRA CRIANÇA.

BONNIE TINHA OUTROS BRINQUEDOS EM SUA CASA E FICOU MUITO FELIZ COM O PRESENTE DE ANDY.

A GAROTINHA SE DIVERTIA PARA VALER COM WOODY, JESSIE E SUA BONECA DOLLY.

UM DIA, OS PAIS DE BONNIE FALARAM QUE ESTAVA NA HORA DE ELA IR PARA O JARDIM DE INFÂNCIA.

BONNIE FICOU NERVOSA COM A NOVIDADE, MAS SE PREPAROU PARA IR CONHECER A ESCOLA.

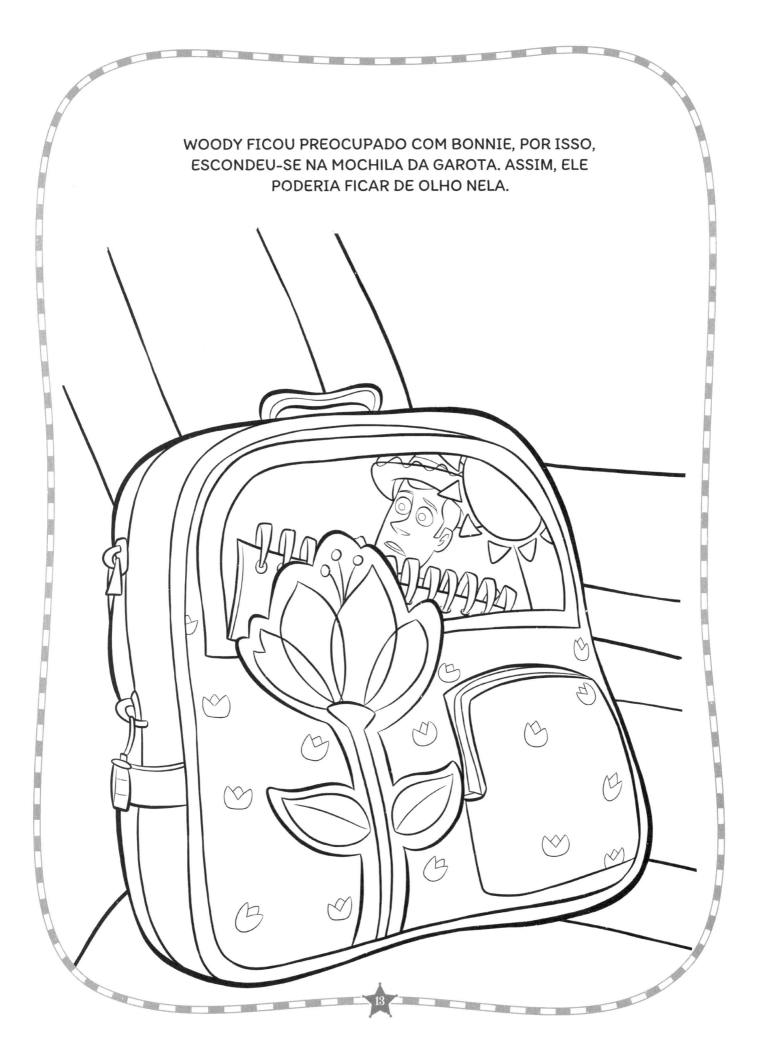

WOODY FICOU PREOCUPADO COM BONNIE, POR ISSO, ESCONDEU-SE NA MOCHILA DA GAROTA. ASSIM, ELE PODERIA FICAR DE OLHO NELA.

EM UMA DAS ATIVIDADES DA TURMA, BONNIE CRIOU UM BRINQUEDO A PARTIR DE UM GARFO.

ELA FICOU MUITO FELIZ COM SEU NOVO AMIGO E RESOLVEU CHAMÁ-LO DE GARFINHO.

NO FINAL DO DIA, BONNIE COLOCOU GARFINHO DENTRO DA MOCHILA. AO CHEGAR EM CASA, WOODY O APRESENTOU AOS OUTROS BRINQUEDOS.

PORÉM, GARFINHO NÃO SE SENTIA UM BRINQUEDO. ELE ACHAVA QUE ERA UM UTENSÍLIO DESCARTÁVEL, POR ISSO, SEMPRE QUE VIA UMA LATA DE LIXO, JOGAVA-SE DENTRO DELA.

WOODY SABIA QUE GARFINHO ERA MUITO IMPORTANTE PARA BONNIE, ENTÃO, RESGATAVA-O DO LIXO SEMPRE.

ANTES DAS AULAS DE BONNIE COMEÇAREM EFETIVAMENTE, SEUS PAIS DECIDIRAM FAZER UMA VIAGEM.

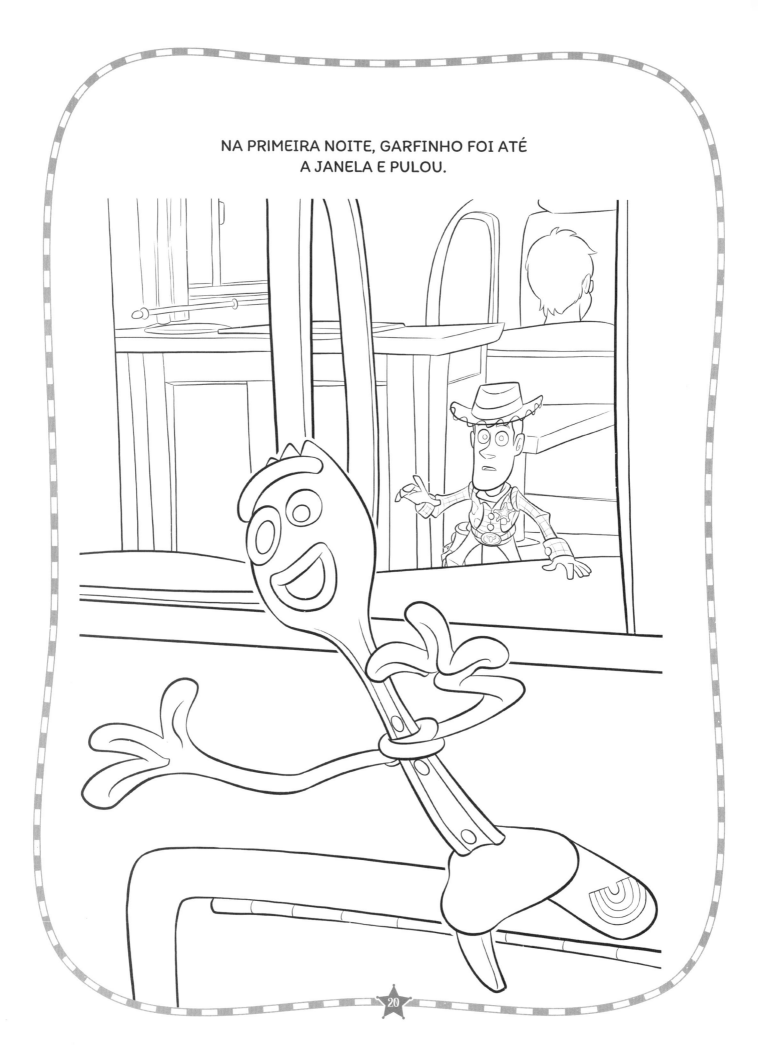

WOODY NÃO HESITOU E FOI ATRÁS DE GARFINHO, MAS ANTES DISSE AOS AMIGOS QUE OS ENCONTRARIA NO ESTACIONAMENTO DE TRAILERS.

FINALMENTE, GARFINHO ENTENDEU O QUANTO ERA ESPECIAL PARA BONNIE E RESOLVEU VOLTAR PARA O TRAILER.

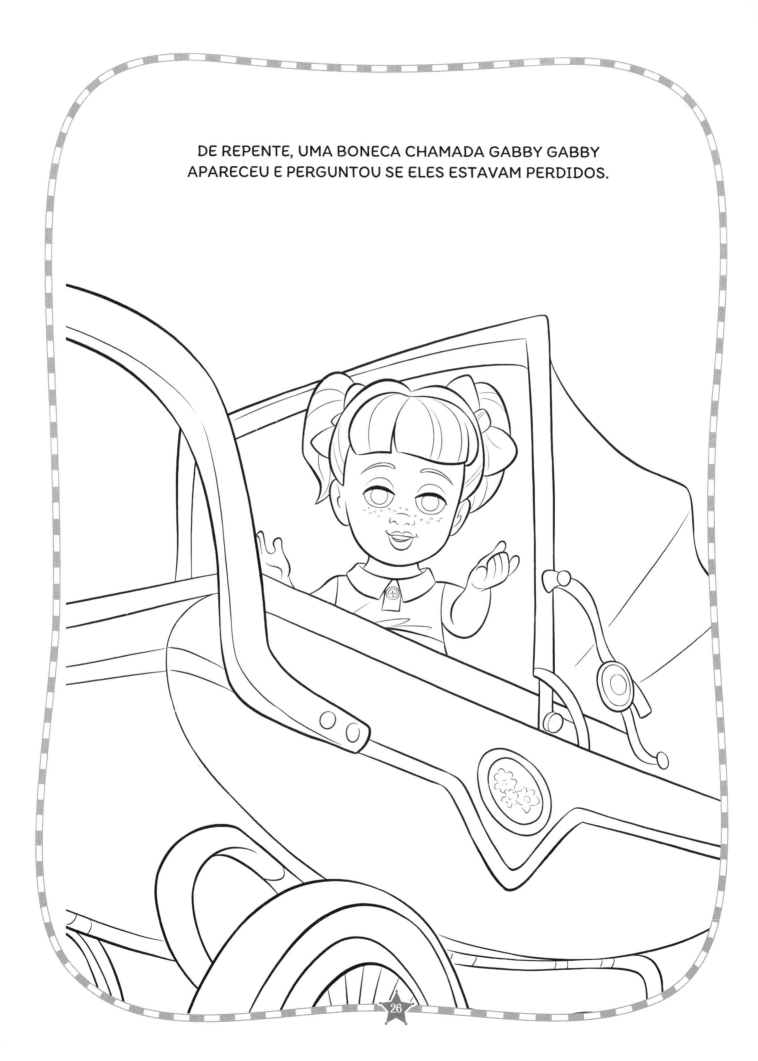
DE REPENTE, UMA BONECA CHAMADA GABBY GABBY APARECEU E PERGUNTOU SE ELES ESTAVAM PERDIDOS.

GABBY GABBY VIVIA NAQUELA LOJA HÁ MUITO TEMPO E ESTAVA COM SUA CAIXA DE VOZ QUEBRADA.

NA LOJA, HAVIA TAMBÉM BENSON, UM BONECO VENTRÍLOCO.

WOODY NÃO TINHA SAÍDA. AO PUXAR SUA CORDA, ELE CAIU NO CHÃO, PERTO DE HARMONY, A NETA DO DONO DA LOJA, QUE O LEVOU PARA BRINCAR.

ENQUANTO ISSO, BUZZ ESTRANHOU A DEMORA DE WOODY E RESOLVEU IR ATRÁS DELE E DE GARFINHO, POIS BONNIE JÁ HAVIA SENTIDO A FALTA DE SEU BRINQUEDO.

DE REPENTE, BUZZ CHEGOU A UM PARQUE DE DIVERSÕES.

ASSIM QUE HARMONY SE DISTRAIU, WOODY FUGIU. ENQUANTO SE ESCONDIA, ELE VIU ALGUMAS OVELHAS E DEPOIS ENXERGOU BETTY.

OS DOIS FICARAM EMOCIONADOS COM O REENCONTRO.

ATÉ AS OVELHAS DE BETTY SENTIRAM FALTA DE WOODY NESSE TEMPO EM QUE ELES FICARAM AFASTADOS.

BETTY CONTOU A WOODY QUE TINHA PASSADO SETE ANOS SEM UMA CRIANÇA.

A PASTORA APRESENTOU A WOODY A OFICIAL ISA RISADINHA, SUA GRANDE AMIGA.

ISA RISADINHA ANDAVA NO OMBRO DE BETTY. AS DUAS FICARAM SURPRESAS QUANDO WOODY CONTOU QUE AINDA PERTENCIA A UMA CRIANÇA.

WOODY FALOU SOBRE GARFINHO E DISSE QUE PRECISAVA LEVÁ-LO DE VOLTA PARA BONNIE. ELE LEMBROU BETTY QUE MOLLY HAVIA SUPERADO O MEDO DO ESCURO COM A AJUDA DELA E DO ABAJUR.

DEPOIS DISSO, BETTY RESOLVEU AJUDÁ-LO E DISSE PARA ELE SUBIR NO SEU CARRO.

NA LOJA DE ANTIGUIDADES, GABBY GABBY LEVOU GARFINHO PARA O ARMÁRIO ONDE ELA FICAVA.

ENQUANTO ISSO, NO PARQUE, BUZZ FICOU PRESO NA PAREDE DE PRÊMIOS.

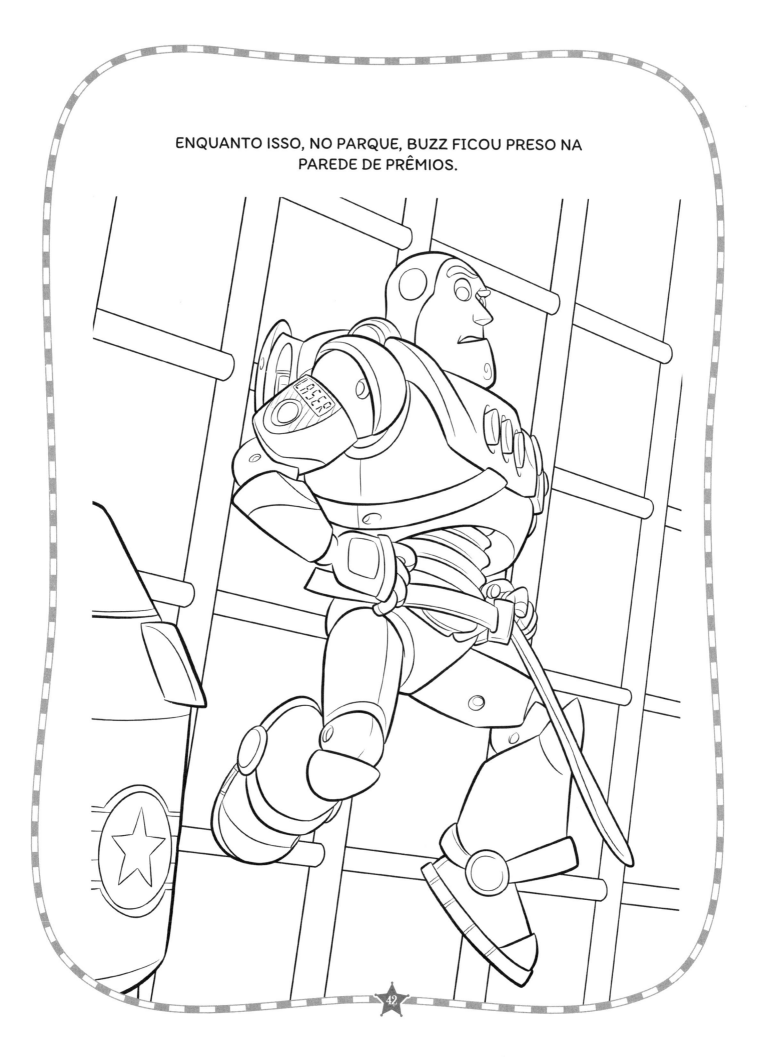

LÁ, ELE CONHECEU COELHINHO E PATINHO.

OS DOIS FICARAM IRRITADOS, POIS AGORA BUZZ ERA O PRÊMIO PRINCIPAL, E NÃO ELES.

LOGO, BUZZ CONSEGUIU SE LIBERTAR, MAS DERRUBOU COELHINHO E PATINHO TAMBÉM. OS DOIS CORRERAM ATRÁS DO PATRULHEIRO ESPACIAL.

QUANDO WOODY E BETTY ESTAVAM CHEGANDO À LOJA DE ANTIGUIDADES, BUZZ OS VIU E CORREU ATÉ LÁ.

COELHINHO E PATINHO APARECERAM E BUZZ DISSE QUE, SE ELES AJUDASSEM A RESGATAR GARFINHO, ELE OS LEVARIA PARA BONNIE.

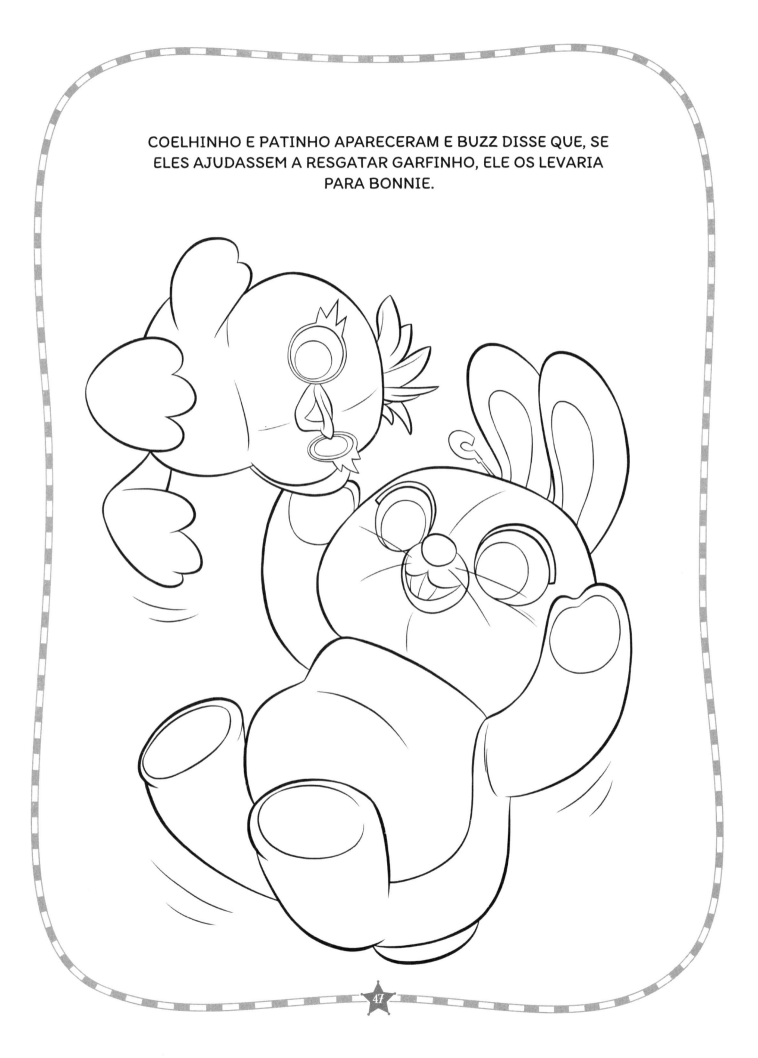

NO TRAILER, A FAMÍLIA DE BONNIE ESTAVA PRONTA PARA PARTIR, MAS JESSIE NÃO PODIA DEIXAR SEUS AMIGOS PARA TRÁS. ENTÃO, ELA PULOU DA JANELA E FUROU O PNEU DO TRAILER.

BETTY ARMOU UM PLANO. ELA E WOODY TINHAM QUE FICAR ESCONDIDOS E ESPERAR O MOMENTO CERTO.

A LOJA TINHA MUITOS PERIGOS, ENTRE ELES UM GATO CHAMADO DRAGÃO...

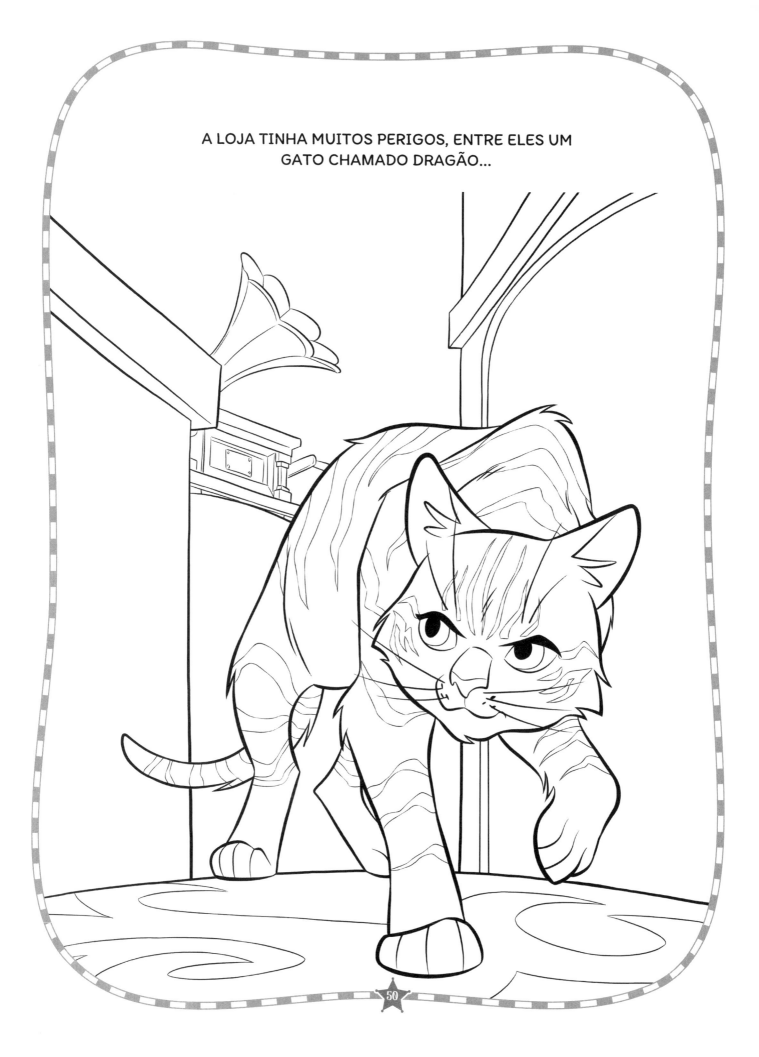

... E OS BONECOS VENTRÍLOCOS.

BETTY LEVOU WOODY A UM ESCONDERIJO DENTRO DE UMA VELHA MÁQUINA, ONDE HAVIA MUITOS BRINQUEDOS ABANDONADOS, ENTRE ELES, DUKE CABOOM.

DUKE FAZIA GRANDES MANOBRAS COM SUA MOTO, POR ISSO, BETTY PEDIU-LHE AJUDA PARA CHEGAR AO ARMÁRIO DE GABBY GABBY.

PORÉM, DUKE NÃO CONSEGUIU CHEGAR AO ARMÁRIO E OS BRINQUEDOS ESTAVAM CORRENDO PERIGO.

QUANDO DUKE CAIU, ACORDOU DRAGÃO. NO MEIO DA CONFUSÃO, WOODY PULOU PARA SALVAR GARFINHO E POUSOU EM CIMA DO GATO.

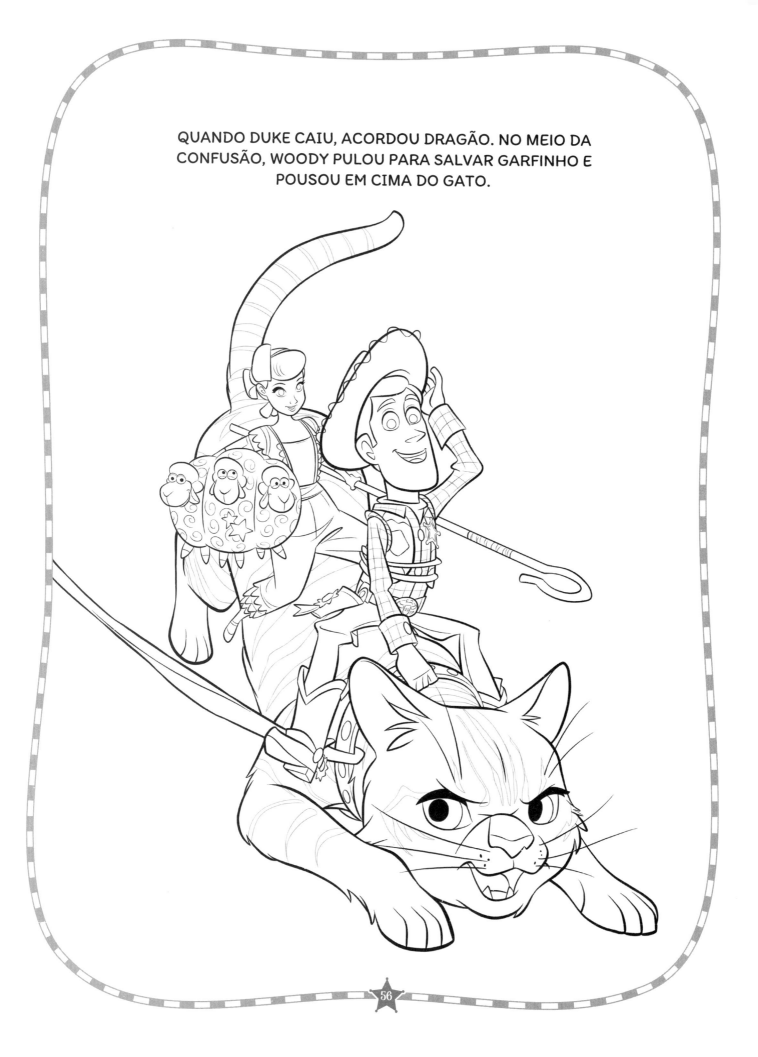

TODOS SE SEGURARAM NA COLEIRA E FORAM PUXADOS PELO GATO.

BUZZ CORREU PARA O TRAILER. QUANDO A MÃE DE BONNIE O PEGOU, SEU BOTÃO FOI APERTADO E ELE DISSE: "SUA MOCHILA ESTÁ NA LOJA DE ANTIGUIDADES".

WOODY DEU SUA CAIXA DE VOZ PARA GABBY GABBY E, EM TROCA, ELA DEIXARIA GARFINHO VOLTAR PARA BONNIE.

MESMO CONSERTADA, GABBY GABBY FOI DEIXADA DE LADO POR HARMONY. WOODY E GARFINHO NÃO TINHAM TEMPO A PERDER E PULARAM NA MOCHILA DE BONNIE, QUE FICOU FELIZ AO REENCONTRAR SEU AMIGO.

WOODY RESOLVEU LEVAR GABBY GABBY PARA BONNIE, E OS OUTROS BRINQUEDOS VOLTARAM PARA AJUDÁ-LO.

ELES PRECISAVAM SE APRESSAR, POIS O TRAILER DA FAMÍLIA DE BONNIE ESTAVA INDO EMBORA. COM A AJUDA DE DUKE, ELES CONSEGUIRAM ATRAVESSAR O PARQUE DE DIVERSÕES E CHEGARAM A TEMPO.

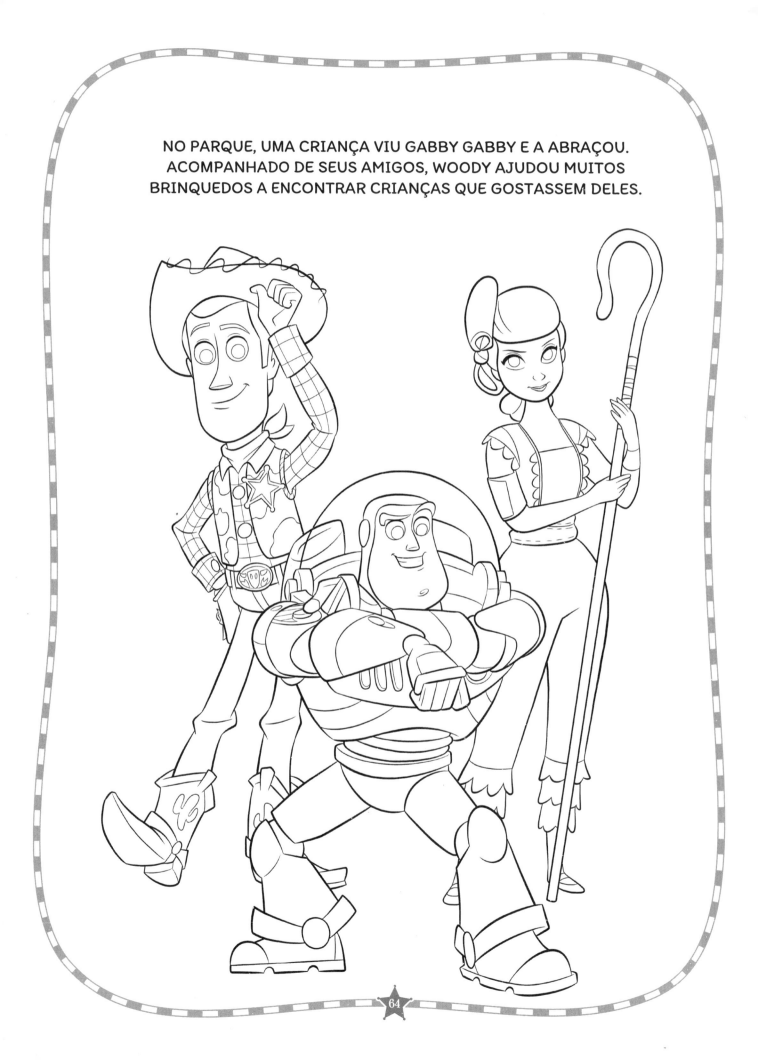